# アマネク ハイク

神野紗希
Saki Kouno

春陽堂書店

# 目次

はじめに　7

この世界のささやかなものたちに、
私たちが忘れてしまったいくつかの記憶が、
やさしく灯っているのだとしたら

## 第一章

苺、一会　15
新池の蛙　23
硝子の記憶　29
走る光、光る傷　34
生まれて、愛して、しまった　41
ばあばばあばの「ヴアイタリチー」　48

## 第二章

つわりに苦しむ私も、その吐瀉物も、
あるいはおなかの赤ちゃんの形も、
山椒魚のようなものかもしれない

打っても、ひびかない　59

ミんナノ、ネがイ　67

二千円のお月さま　76

とべ！　動物園　83

ランプの記憶、言葉の息　90

戦車と切株　97

## 第三章

言葉の促す想像力が、今まで意識したこともなかった体の感覚のスイッチを押してゆく
チーズと紅茶と鯛焼と　107
おでこにチンアナゴ　114
ああ愉快だ　124
ねながら見　130
弾ける、コマる　138
あとがき　146

装幀・レイアウト――クラフト・エヴィング商會［吉田浩美・吉田篤弘］

# アマネクハイク

# はじめに

会うなり、ジップロックに入った鈍色の物体を差し出された。

「アマゴよ。」

よく見れば大小の二匹の魚だ。反射する川面のような銀色の鱗に、夕焼けの終わりみたいな茜色の斑点を浮かべている。久々に会う私に食べさせようと、山奥で釣ってきたのだという。

すがちゃんと会うのは、高校卒業以来20年ぶりだ。彼の住む大垣市は、芭蕉の奥の細道結びの地として俳句振興に力を入れており、私も数年前から句会に参加している。市報でたまたま私の名前を見つけ、久々に連絡をくれたのだ。

出会いは第3回俳句甲子園だった。当時はまだまだ規模の小さい大会で、出場チームも県内の高校が中心。すがちゃんと私はそれぞれの高校から出場し、ともに言葉を交わして夏を戦った。その後も句会をしたりメールで俳句をやりとりしたり、17音の青春を共有した友人だ。

彼は「地域医療に従事したい」という夢を叶え、岐阜県の山間部の診療所で医師として働いている。診療所のすぐそばに渓流があり、アマゴはそこで釣ったのだそう。私も当時の「書き物をして暮らしたい」という夢を一応は叶え、ささやかに日々を過ごしている。塩焼きにしたアマゴにかぶりつきつつ「20年かあ。無事に生きて会えたなあ」と語り合う。

## 会えることもう会えぬこと夏の風

この日、すがちゃんが詠んだ俳句だ。聞くと、お世話になった看護師さんの一周忌を迎えたところだったらしい。遠く離れた友人に20年ぶりに「会えること」も、親しく日々を重ねたあの人に「もう会えぬこと」も、私たちの暮らしの中に隣り合わせで存在する。こと新型コロナウイルス蔓延下においては、思うように会えないことが積み重なり、だからこそ会えることの尊さをこれまで以上に強く実感するようになった。一期一会。命の匂いがする夏の風に吹かれるとき、これまでの人生ですれ違ってきた誰彼をなつかしく思う気持ちが、どっと押し寄せる。
俳句もまた、一期一会の文学だ。巡り来る季節と出会い、旅をして風土と出会い、その途次途次で人と出会う。そもそも、またそのうち会えると思っていたら、わざわざ俳句に詠もうと思わない。「来年も見られるし」と思って仰ぐ桜と、「今、この桜はここにしかない」と思って仰ぐ桜とでは、その光もおのずと違ってくる。

**露草や野川の鮒のさゝ濁り**　正岡子規

ひんやりとしはじめた風に、青い露草が揺れる川辺。名もなき小さな川を覗き込めば、鮒が鰭を動かし、浅い川底の砂をちょちょっと巻き上げた。川の水がほのかに濁り……ただ、それだけ。なんでもない、ささやかな秋の風景である。

明治二十八年、子規は大陸に従軍記者として渡ったが、帰路の船で大喀血し生死の境をさまよった。なんとか一命をとりとめ、故郷・松山の地で静養している折に詠んだのがこの句だ。もう二度と踏めなかったかもしれない故郷の地。もしこのまま東京に帰れば、今度はいつ戻れるか分からない。そんな目であらためて見つめれば、散歩して見かけた野川の露草も、今ここで出会えた一度きりの光を帯びて輝きはじめる。

あまねく、俳句。この世界に俳句ならざるものはない。アイスティーのグラスの水滴も、残業の帰りに見上げる月も、遠い砂漠に目をつむるラクダも、はるか宇宙の星の砂粒のひとかけらも、目の前のベランダで夏空に揺れている息子と私の靴下も、すべては移り過ぎいつか消え去る。だからこそ、どんなささやかな出来事だとしても、すべての瞬間、すべてのものが、あまねく尊いのだ。俳句はその「あまねく尊い光」を歓ぶ詩である。

# 第一章…………

この世界のささやかなものたちに、
私たちが忘れてしまったいくつかの記憶が、
やさしく灯っているのだとしたら

# 苺、一会

その夜のキッチンは、果物の甘い香りに満ちていた。

保育園から帰ってきた息子と二人、買ってきた苺やキウイフルーツをカットしてゆく。子ども用の包丁は、安全に作られているぶん、少し切れにくい。「力で押しつけるんじゃなく、鉛筆で線を書くように、すうっと引いてごらん」。そうしてできあがった大小さまざまのカットフルーツを、ゼリーの素を溶かして注いだホールケーキの型に、ぽとんぽとんと並べる。息子の六歳の誕生日のお祝いに、ゼリーケーキを作るのだ。

ケーキといっても、あとは冷やして固めるだけ。ずぼらな私でもそれなりに見栄えのよいものができ、手間に対する仕上がりのコストパフォーマンスは非常に高い。そもそも息子は、丁寧に焼かれたケーキを出しても、フルーツだけほじくってスポンジを残すような不届き者である。そんなに果物が好きなら、余計なものを加えず、本命だけを固めてしまえばよいではないか。かくして、息子の「好き」を詰め込んだフルーツゼリーケーキは、無事、冷蔵庫へ格納された。

果物好きといえば、子規さんである。俳人・正岡子規は、病床でも食への情熱を絶やさなかった健啖家として知られているが、中でも果物がめっぽう好きであった。母・八重は、子規が小学生のころ、寝起きが悪い朝にはその手に蜜柑《みかん》をもたせ、目覚ましにしたという。食欲で釣らないと起きないとは、すでに大物だ。書生時代には学費が手に入るたび、大きな梨ならば六つか七つ、樽柿ならば七つか八つ、蜜柑ならば十五か二十くらい大量に買って食べるので、お金がすぐに減ってゆく。それでもエンゲル係数は下げず、病床では食べるほかに楽しみがないと言って、葡萄やバナナ、パイナップル、毎日さまざまな果物を楽しんだ。

死の前年、明治三十四年に書かれた「くだもの」という随筆には、彼の果物への愛が綴られている。中でも忘れがたいのは、苺のエピソードだ。

明治二十八年の春、従軍記者として満州へ渡り日清戦争を取材した子規は、帰路の船内で大喀血、生死の境をさまよう。なんとか一命をとりとめ、神戸の病院で療養する子規のもとへ、ふるさと愛媛の後輩である高浜虚子と河東碧梧桐《かわひがしへきごとう》が駆けつけた。衰弱して一杯の牛乳も飲めない子規も、少しの苺なら食べられる。そこで虚子と碧梧桐は新鮮な苺を求め、毎朝、交代で近くの苺畑へ通った。「余は病牀でそれを待ちながら二人が爪上りのいちご畑でいちごを摘んでいる光景などを頻《しき》りに目前に描いていた。やがて一籠のいちごは余の病牀に置かれるのであった」(「くだもの」)。親愛のもたらす尊い一籠、まさに「いちご」一会である。

その夏、子規はこんな句を詠んだ。

もりあげてやまいうれしきいちご哉

籠に山盛りの苺だ。これも、私が病気だからこそ。ああ、病とは嬉しいものだなあ。

不治の病だった結核の身にあって、「やまいうれしき」とはなかなか言えるものではない。それでも子規は、あえて喜んでみせた。病気は嫌だという常識に逆張りすることで、その身に宿った病気ごと自分の人生を抱きしめ、堂々と眼前の苺を寿《ことほ》いだのだ。この肯定力が、子規の生命を最後までみずみずしく輝かせた。

子規の病には如《し》くべくもないが、二十代のころ、子宮頸がんの一歩手前の診断を受けた。早期発見で順調に手術も終え、先生は「ちゃんと、悪い細胞は、取り除きましたからね」と声をかけてくれた。麻酔後の朦朧とした意識の中で、私は切り取られた細胞のことを考えていた。なにかのきっかけで、たまたま私にとっては都合の悪い存在となった彼らも、さっきまでたしかに私の体内に生きていた。風に散ってゆく花びらのすべてが、もとはひとつの桜であったように、良い細胞も悪い細胞も、全部ひっくるめて私であるはずだ。

## 細胞の全部が私さくら咲く

紗希

その数年後、息子を妊娠。子宮を支える管の一部を切り取っているので早産のリスクが高く、子宮内に数センチメートルの筋腫もいくつか抱えていたが、なんとか順調に育ってくれた。大きくせりだしたおなかにジェルを塗り、検診のエコーをあてる。「あんまり胎動がないんですが、大丈夫でしょうか」と聞くと、先生は画像を見ながら「うーん、なるほど。赤ちゃん、筋腫を枕にしてますね。居心地がいいんでしょう」と答えた。なんと、筋腫を枕にするとは。私にとっては厄介ものの筋腫も、胎児にとっては憩いとなりうるのだ。視点を変えれば、善悪も変化する。筋腫の存在を、ふっくらと肯定してみせた赤ちゃん。ひとたび私の目を離れれば、世界は新しい光を帯びはじめる。

結局、ひと月ばかり早く生まれてきた息子は、六年経った今、筋腫ならぬペンギンのぬいぐるみに頭をのせ、すうすう寝息を立てている。もう、おなかの中にいたころのことは、すっかり忘れているのだろう。それでいい。
さあ、明日はゼリーケーキを切ろう。子規さんも君も大好きな苺が、たっぷりだ。

# 新池の蛙

ぽこぽこと水の湧く音、明るい鳥のさえずり、鳴き交わす蛙の声。蓮の葉を浮かべた池の上には、色とりどりの蝶が行き交う。息子は虫眼鏡をたずさえ、泡の底を覗きこむ。すると、ぴょこんと蛙が出てきて、池を自由に跳びまわる……。

青い空の下、のびのびと戸外遊びをしているようだが、ここは商業ビルの一角。最先端のデジタル技術によって自然を再現した、子ども向けの屋内型テーマパークなのだ。蛙の池も、アミューズメントのひとつ。虫眼鏡を模した丸い輪っかをかざせば、蝶や蛙が飛び出して、水辺の虫捕りが疑似体験できる。

単にデジタルで映像が映し出されるだけでなく、「輪をかざす」というアナログの感覚が連動するところが、一歩進んでいる。蛙の池のほかにも、映し出された食材を木の包丁で料理するクッキングスペースや、泥団子に見立てたボールをスクリーンに投げて、映像のカバやゾウに泥をつけるイベントもある。バーチャルな自然を、現実の出来事として体験できる仕組みになっているのだ。

「ねえねえ、ママのあしもとにいるよ！」。息子に教えられ、泡に輪っかをかざしてみる。すると、ぽこりと水の音がして、小さなうすみどりの蛙が飛び出した。古池の蛙ならぬ、最先端の〝新池〟の蛙。没後三百年以上経った日本にこんな風景が待っているとは、芭蕉も驚くだろう。

## 古池や蛙飛びこむ水の音

松尾芭蕉

今となっては枯淡の極みのような芭蕉の代表句も、当時はフレッシュな驚きを備えていた。

というのも、日本の詩歌ではながらく、蛙といえばカジカガエルの美しく鳴く声を詠むものだと決まっていた。季節の言葉は、共有されたイメージを逸脱せぬように詠まねばならなかったのである。しかし、和歌や連歌から生まれた俳諧は、そうした約束事から自由になることで、独自性を発揮してきた。

芭蕉もまた、蛙の声ではなく、飛び込んだ音に注目してみせた。

声と同じ聴覚に絞りつつ、蛙の存在を別の角度からとらえたことで、永遠の静寂をたたえた古池に、一瞬、蛙の今がきらりと閃《ひらめ》いたのだ。決められた知識の城の外には、無限の沃野が広がっている。芭蕉は禁忌を犯すことで、逆に蛙の肉体を詩歌に取り戻し、その命をいきいきと輝かせた。

そもそも俳句はＶＲ（バーチャルリアリティ）的だ。古池の句を読むとき、私たちは言葉のうちに、蛙がジャンプする光を見て、着水した音を聞く。では、次の句はどうだろうか。

**柿くへば鐘が鳴るなり法隆寺**　　正岡子規

この句では、柿を食べることがきっかけとなって、鐘が鳴り、風景が動き出す。この「柿くへば」のアクションは、あの蛙の池で輪をかざすアクションに似てはいないか。ひとつの動作によって、世界と切り結ぶ。柿の味、鐘の音、法隆寺の秋の風景。俳句というVRのゴーグルをかければ、五感を刺激する疑似的な空間が、ゆたかに広がってゆく。

息子は蛙を追いかけるのにも飽きて、仮想空間の水辺でごろごろしている。降り注ぐ木洩《も》れ日は優しく、うとうとと眠ってしまいそうだ。

ふと思いついて「蛙も季語だよ」と囁いてみる。息子は仰向けになり、少し考えて「ごーしちごー、できた！」。

## そらをみて、あそんでくらす、あまがえる

「そらをみて」の言葉につられて池の上を見上げてみても、そこにはプロジェクターと黒い天井があるのみ。でも、彼にとっては、蛙たちはちゃんとこの池で生きていて、視線の先にはきっと、すべて捨てて遊び暮らしたいほどの、まぼろしの青空が見えているのだ。

# 硝子の記憶

チェックインのときに、硝子《がらす》の小瓶《びん》をすすめられた。

「是非、こちらに入れて、お持ち帰りください」

小さな手にその瓶を載せてもらった息子は、コルクのふたを取ったり閉めたりしながら、しげしげと眺めている。なんでも、宿の前の浜辺で、シーグラスが拾えるらしい。

春もなかばの瀬戸内海は、ひたひたと凪《な》ぎ渡っていた。人口わずか七人のこの島には、スーパーもコンビニもない。宿に泊まる客のほかに、ときどき、島から島へ橋を渡るサイクリングの自転車が通り過ぎてゆくくらいだ。浜に降りて歩いてみると、たしかに、砂にまぎれて何かが光っている。

「これかなあ？」

息子が拾い上げたのは、その日の海と同じ翡翠《ひすい》色をしたシーグラスだった。いわゆる海が運んできた硝子の破片だが、波に揉《も》まれて角がとれ、河原の小石のような丸みを帯びている。陽に透かせば淡く光を溜め、やさしい宝石のよう。もとはどんな硝子だったのだろう。

ひとつ見つければ次々に見つかるもので、拾うのが追いつかないほどだ。この青はサイダーかな、この焦げ茶は栄養ドリンクかな、などと想像しながら、こつん、こつんと小瓶を満たしてゆく。中には、フジツボの固着したかけらもあった。ながらく瀬戸内の海に漂っていた、はるかなる旅の証明である。

ふと、思う。このシーグラスは、自然物なのか、人工物なのか。硝子は人間の作り出したものだが、もとは石や砂にふくまれる鉱物だ。さらに、海の無作為の力を経て、石や貝殻と見分けのつかないほどに、シーグラスの輪郭はやわらかい。その曲線は、チューリップの葉やこでまりの枝、自然物にそなわるカーブとよく似ている。人間が自然から作り出したものが、また自然へと還ってゆく。シーグラスは、みずからが瓶や器や窓だった昔を、今も覚えているだろうか。それとも、あれもこれもすっかり忘れて、浜辺でとろとろと青い夢を見ているのだろうか。

# 文字は手を覚えてゐたり花の昼

鴇田《ときた》智哉

手が文字を覚えているのではなく、文字のほうが手を覚えていると言ったところに、気づきが生まれた。本ならば、読む場面。指を添えながら一文字ずつ辿ってゆく、丁寧な読み方を思う。書架に眠る本は、桜を洩《も》れる昼の日差しのぬくもりに、かつて訪れては去っていった誰彼の手を思い出しているか。あるいは、手紙なら、書く場面。書いた人はすでにその手紙のことなど忘れているかもしれないし、もうこの世にはいないかもしれないけれど、文字はみずからを生んだ手のことを、今もずっと覚えている……。

ふだんは生きて考えているなんてとても思いつかない「文字」と

いう存在に、人間のような心を見出したことで、忘れられても切実に誰かを思い続ける一途さが、普遍的に描き出された。時が来れば花も散るし、本や手紙だっていつかは消えるが、あたたかな記憶は風となって、透明に空気を満たすだろう。

文字に、シーグラスに、この世界のささやかなものたちに、私たちが忘れてしまったいつかの記憶が、やさしく灯っているのだとしたら。咲きはじめた海辺の桜に、午後の日が傾いてゆく。シーグラスの詰まった小瓶は、かざせば夕風にさらさらと光った。

# 走る光、光る傷

「ねえ大将、新しいの、ない？」

突き出しのうるいのお浸しをつまみながら、水丸さんが聞く。

「ありますよ。こないだ、パカーンとやっちゃって」

店主の宗男さんは食器棚の隅をごそごそと探し、先日アルバイトの子が割ってしまったという平盃の破片を取り出した。白磁に淡い空色の釉薬《ゆうやく》のかかった酒器は、高台の手前を深くえぐるように割れている。

「どうにかなりますかねえ」

「うん、大丈夫でしょう。ね、鞄《かばん》もってきて」

慌てて、私はさっき預かった鞄を、店の戸棚から出して手渡す。

水丸さんは風呂敷を出して広げ、その上に割れた平盃を重ねると、やさしく包んで「預かっていくね」と鞄にしまった。


イラストレーターの安西水丸さんは、金継《きんつ》ぎが趣味らしい。私が学生時代に働いていた銀座の小料理屋の常連で、ひょっこり顔を出しては割れた器を持って帰り、修復して返してくださる。

「ほら、このお猪口も水丸さんが。そうそう、このぐい呑みも」

店主がカウンターに並べる、小さな酒器たち。その胴に走る金色の曲線は、川筋のように滑らかで、ひとつとして同じものはない。

金継ぎは、陶磁器の破損個所を漆で接着し、金粉などを蒔く修復技術だ。割れたり欠けたりした器も、金継ぎをほどこせば、もう一度現役復帰できる。そのとき、割れた傷痕は隠されることなく、金粉によってむしろ強調される。割ってしまった経験も含めてその器を愛するとき、傷は走る光となって、唯一無二の輝きを放つ。

そんな生前の水丸さんとのやりとりを思い出したのは、鍼《はり》治療の最中だった。打った鍼をしばらく留め置くと効果が上がるらしく、背中や腰に数十本の鍼を刺されたまま、うつ伏せでぼんやりと時を待つ。その間、傷ということについて思いを巡らせていた。

鍼を打つとは、あえて細胞を傷つけることだ。体は、侵入者である鍼の刺激に反応し、治そうと細胞を殖やして抵抗力を高める。私の細胞も今、突然の傷を得て驚きつつ、目覚めはじめているのだろう。傷つけられることで、体はかえって本来の力を取り戻す。傷を生かすという点で、鍼治療と金継ぎはよく似ている。

そして、俳句にも、やはり傷がある。いわゆる「切れ」といわれる言葉の技術だ。

**羅《うすもの》や人悲します恋をして**　鈴木真砂女

「羅」は夏の季語。紗《しゃ》や絽《ろ》など薄手の生地で作った、涼しい夏の着物を指す。この句は「や」という切れ字によって、ばっさりと切れている。人を悲しませる恋をしてしまった告白と、羅という衣服を、繋ぎ合わせるでもなくポンポンと並べ、「や」で大胆に意味を切る。すると読者は、なぜ羅が取り合わせられたのか、ふたつの言葉の関係を積極的に読み取ろうとする。

人を悲しませる恋とは、パートナーがありながら別の恋に落ちてしまうことか。家族や友人の反対がある恋なのか。羅は、涼しいながらも風が通って心もとない。その不安定な着心地が、恋に生きる切岸《きりぎし》の気分を感覚的に伝えてくれる。一方で、この人は恋を手放さないと予感されるのも、羅のきりりと芯の通った印象ゆえだろう。

作者の真砂女は、千葉・鴨川の旅館に生まれ女将もつとめたが、妻子ある男性と恋に落ち、親族からは彼と別れるか家を出て行くかと迫られた。彼女は身ひとつで東京へ出ることを選び、銀座の隅に小料理屋「卯波《うなみ》」の暖簾《のれん》を掲げる。それから数十年、俳句を作りながら女将としてその灯を守り続けた。誰かを悲しませるとしても、それでも諦められぬ恋を貫き通した真砂女は、羅に己の不安と矜持を託したか。

私が「卯波」で働きはじめたのは、真砂女が亡くなってちょうど三回忌の頃だった。店を引き継いだ孫の宗男さんは、折に触れ真砂女の話を聞かせてくれた。店のマッチ箱には季節折々の彼女の句が印字され、夏には涼しい空色の紙にこの羅の句が書かれてあった。

思いを切る、意味を切る。切ることでかえって積極的な読みを引き出し、読者の心の中で言葉同士を深く繋ぐ。切れはいわば、十七音に走る傷だ。その鋭利な断面を指でやさしくなぞれば、いつしか傷は繋ぎ合わされる。言葉は互いに細胞を増殖させ、ひとつの有機的なイメージをかたちづくっていく。

「はーい、神野さん、終わりましたよ」

いつの間にかうとうと眠っていたらしい。数十本の鍼はすっかり抜かれ、ぽっかりと明るい部屋に残された私は、そそくさと施術着を脱ぎ、薄手のワンピースに袖を通す。これもまた、現代の羅か。

水丸さんの金継ぎ、空色のマッチ箱、なつかしい「卯波」のあれこれ。夏空の眩《まぶ》しさに目を細めるとき、傷を光として生きる者たちの輝きが、ふいに記憶からあふれ出す。

# 生まれて、愛して、しまった

「なんで『生まれて、すみません』なの？」

太宰治の小説を映像化したドラマをテレビにかぶりついて見ていた息子が、ふいに振り返って聞いた。

「生まれてきたら、ダメなの？」

純粋無垢な瞳で見つめられ、しらすせんべいを齧《かじ》っていた私は、むむむ、とフリーズする。

太宰治の小説『二十世紀旗手』の副題をもとにしたこのフレーズ

は、たしかに大きな意味のねじれをはらむ。生誕とは一般的に祝福されるべきだと捉えられているが、それを「すみません」という謝罪に接続させ、あたかも悪いことのように仕立てたのだ。

こんなダメな私なのに、生まれてきて、この世にのうのうと存在してしまっていて、すみません。言外の意味はそんなところだろうが、六歳になったばかりの子に己の生を疑うことを教えたくはない。ただでさえ何か失敗すると自分で自分の頭をぽかぽか叩いてしまう繊細な子なのだから、太宰の言葉はちょっと毒気が強すぎる。

かといって、せっかく言葉の襞《ひだ》に気づいた心も、大切にしたい。結局、「こんなダメなぼくでごめんねって謝りたくなったんじゃないかな」とニュアンスを伝え、「ママは君が生まれてきてくれて嬉しいよ」と言い添えた。太宰のニヒリズムと子育てのヒューマニズムは、相性がつくづく悪い。

そういえば、息子と毎週楽しみに見ているアニメでも同様のことがあった。耳が聞こえず腕っぷしも弱い非力な王子が、まっすぐな心根で王様を目指すという話だったが、主題歌に「愛してしまった全部全部」という一節があったのだ（Vaundy作詞・作曲「裸の勇者」）。保育園からの帰り道、寒風の中を二人で「あいしてしまった〜ぜんぶぜんぶ〜」と歌いながら自転車を漕いでいると、後部座席の息子が、歌うのをやめて言った。

「ママ、ぜんぶ愛しちゃ、いけないの？」

むむむ。これも「生まれて、すみません」と同じ構造だ。善であるはずの「愛」に後悔を含む「〜してしまった」が接続するから、すんなりとは呑み込めなくなる。アニメはちょうど、先王とずっと一緒にいたい魔女と、その魔女のために力を貸してやりたい先王の二人が、愛のために国を巻き込んで問題を起こすというくだりに差し掛かっていた。

家に着くまでには、まだしばらくある。少し、じっくり話してもよさそうだ。暮れてゆく薄墨色の空の下、後部座席へ向かって、ひとことずつ語りかける。誰かの全部を愛すればその人を失うのが怖くなること、愛はときに善悪の判断を捻《ね》じ曲げること、愛ゆえに誰かを守って流れる血もあること、そういうことが分かっていてもやっぱり愛しちゃうものだということ、怖くても愛するのは勇気だから全部愛せることはやはり素晴らしいのだということ。

聞いている彼の表情は見えない。もしかしたら、保育園で遊び疲れて、うとうとしているかもしれない。それでもいい。人生はまだまだ長いのだから、言葉の裏に潜む意味も、愛のなんやかやも、ゆっくり知っていけばいいのだ。

## 忘れちゃえ赤紙神風草むす屍

池田澄子

赤紙は召集令状、神風は特攻隊、草むす屍は軍歌の一節、かつて日本が犯した愚かな戦争に深くかかわる言葉たちだ。兵士として召集され、命を使い捨てられ、戦場に没した多くの人たち。そのすべてを、もう「忘れちゃえ」と投げやりに放つ。

この句が発表されたのは平成もなかば。当時は「戦争を忘れちゃえとは何事か」との的外れな批判もあったが、それは言葉の裏が全く読めていない。だって、この句では「忘れちゃえ」と言いながら、執拗に言葉を並べ、重ねている。戦後の反省すら遠のいて薄れつつある現代の中で、どうしてもあの戦争を忘れられない人の、必死に絞り出した言葉なのだ。「忘れちゃえ」は、忘れられないがゆえの反語として重たく響き、現実に存在する無数の無関心をも炙《あぶ》り出す。言葉の裏を読み解く力がなければ、この句の本質は理解できない。アイロニーを抱き込む俳句は、大人の詩なのだ。

注意してもテレビゲームをやめない息子に苛立ち、「もう、勝手にしたら！」と怒って、洗濯物を取り込みに出る。戻ってくると、畳にごろごろ寝っころがってまだのんびりとゲームを続けている。「なんでやめないの？」と聞いたら、きょとんとした表情でこちらを振り返って「だって、勝手にしていいって言ったでしょ？」。

そういえば、私は「勝手にしたら」としか言っていないから、言葉の上では、たしかに息子に決定権を預けている。人の言葉を文字通り受け取る真っ直ぐな六歳に、言外の意味をこめたアイロニーはまだまだ通じないらしい。反省した私は、伝えたい内容をもう一度、丁寧に言い直す。

「目が悪くなるからね、そろそろやめなさい」

# ばあばあばの「ヴァイタリチー」

都内近郊、家から歩いて三分のコンビニに、野菜を積んだ一画がある。地元の農家が委託販売しているらしく、朝採れの新鮮な野菜が所狭しと並ぶのだ。

今は夏なので、茄子《なす》や胡瓜《きゅうり》、トマトやズッキーニ。ちょっと変わった紫色のじゃがいもや、数種類のレタス・ラディッシュなどをまとめたサラダセットもある。春には独活《うど》やスナップえんどう、秋には里芋や落花生。冬には葉つきのかぶや人参など、こぢんまりとしながらも、たっぷりと旬を感じられるコーナーだ。この大都会東京で、しかも無機質に見えるコンビニの空間で、新鮮な土の匂いを嗅げるとは。売れなくて棚が廃止されたら困るので、せっせと通っては、朝な夕な、胡瓜やトマトを仕入れて帰る。

野菜のラベルには、近所の町名と生産者の名前が。上橋さん、山田さん、西原さん……。どんな人かは知らないけれど、名前が分かると一気に親近感が湧く。実家の祖母も、近所にこういう小売店があったら喜んで出荷するだろう。

祖母は育てるのが好きな人で、蜜柑《みかん》農家として伊予柑などを作るかたわら、庭に草花を植え、小さな畑で家族や友人のために野菜を作った。十数年前に祖父が亡くなり、蜜柑畑のほとんどを手放したのちも、ひとひらの畑を耕し続け、収穫した野菜を近所のみなさんにお裾分けしたりしながら、八十九歳の今をたくましく過ごしている。
　もう腰が曲がってしもたとか、いつまでやれるかのうとか言いつつも、夏の夕暮れ、日が落ちて動きやすい時間になると「ちょっと行ってこうわい」と猫車を押して出てゆく。お金になるわけでも、誰に頼まれたわけでもないのに、こつこつと畑仕事を続ける姿を見ていると、彼女にとっては、育てることがすなわち、生きることそのものなのだと、ふいに了解される。

灼け土にしづくたりつつトマト食ふ　　篠原鳳作

夏の日差しに灼けた土の上に、その雫をしたたらせながら、トマトにかぶりついて食らう……。野卑な生命力をほとばしらせた、畑の現場の一句だ。私も幼いころ、祖母にくっついて畑に行っては、トマトや胡瓜を捥《も》いで、その場でなま齧《かじ》りした。太陽をたっぷり浴びたトマトは、冷蔵庫でキンキンに冷えたそれとは違い、ぬるくてなまなましくて、不確かだった。この、かぶりつけば弾けてしまう不安定なやわらかさが、命のやわらかさなのだ、と思った。

篠原鳳作は、昭和初期にみずみずしい傑作をいくつも刻み、三十歳の若さで急逝した俳人だ。鹿児島や沖縄での暮らしの中から、〈しんしんと肺碧きまで海のたび〉〈炎帝につかへてメロン作りかな〉など、従来の歳時記の京都中心の季感にとどまらない骨太な自然と人間の生命力を引き出し、その後の新興俳句、現代の新しい俳句を模索する運動への道を切りひらいた。このトマトの句が詠まれたのは昭和九年（一九三四年）。彼が宮古島で英語教師をしていた時期だ。沖縄の風景か、あるいはふるさと鹿児島か。南国の太陽が、したたるように満ちている。

鳳作は句作において「ヴァイタリチー」を求めた。こんなエピソードがある。沖縄から出てきた鳳作が、京都のとある句会で、次の俳句を提出した。

**雲の峯夜は夜で湧いてをりにけり　　鳳作**

夏の暑い昼と結びつきやすい雲の峯だが、夜は夜で、こんこんと雲は湧き続けている、と見つめてみせたのだ。すると、座の俳人は「雲の峯が夜立ちますかいナ」と言って、ほとんど評価しなかった。その後、しばらく京都に滞在している間に彼は、比叡山にかかる夏の雲が、沖縄の冬の雲よりも力なく朦朧としていることに気づく。なるほど、これでは、沖縄の夜に仰ぐあの怪物のような雲の峯など理解できるわけがない、と合点した。

「箱庭的自然の中に薄羽かげらふのやうな弱々しい生活をしてゐる一部都人士に、南海の波浪の中で生れた俳句が容易く理解されると思つてゐたのが間違ひだと知つたのである」「南の白い陽光の下に育つ若人達よ。／ヴアイタリチーの火花を高く高く俳壇に打ち上げようではないか」

（篠原鳳作「天の川俳句鑑賞」／「天の川」昭和十年六月）

中央集権的な歳時記の世界観の外に広がるゆたかな自然の中で生き、その生活実感を俳句に昇華しようと試みた鳳作は、ヴァイタリチー＝生命力のあふれる強靭な句を、新しい時代の俳句として夢想した。灼け土の上で豪快にトマトにかぶりつくこと。夏の夜の雲の峯を、畏れつつ、ただ仰ぐこと。肉体を伴ったまぶしい命は、今も彼の十七音に、燦燦《さんさん》と輝いている。

「ばあばばあば、トマト、もぎにいこ！」

六歳の息子にとって、私の祖母はひいばあちゃん。彼が言うには、

「ばあば」のそのまた上なので、ふたつ重ねて「ばあばばあば」なのだそう。早く畑へ駈け出したい子へ、夏帽子をぎゅっと被せながら、畑でトマトを齧《かじ》って来てごらん、どんな味がするかな、とそそのかす。祖母の育てた畑で、息子も今、「ヴアイタリチー」を育てている。

# 第二章…………

つわりに苦しむ私も、その吐瀉物も、
あるいはおなかの赤ちゃんの形も、
山椒魚のようなものかもしれない

# 打っても、ひびかない

呼吸しやすいよう目鼻の部分がくりぬかれたクッションに顔を押しつけ、うつぶせになった私の背中に、一本ずつ鍼《はり》が打たれてゆく。もう十年来通っている、ご近所の治療院。施術中は他愛のない雑談を交わすのだが、ふと院長が「紗希さんは、うちの院の患者さんの、ひびかないベスト5です」と教えてくれた。

たしかに、鍼を打つときに折々「ここは、ひびきますか」と聞かれ、「うーん、すこし」「それほどでは」と返事することが多い。なんだか分厚くてやわらかい壁の向こうで子どもたちの声が鈍くひびいているみたいな、遠い刺激に感じるのだ。「ふつうの方なら悲鳴が上がるような手ごたえがあったときでも、紗希さんは『さほど感じないです』とおっしゃるんで」。

院長の腕はとてもたしかで、施術後の調子はすこぶるよい。運動の習慣もなく産後のケアもろくにしてこなかった私が、肩こりや腰痛をなだめながら机に向かって書き物を続けていられるのは、院長の鍼のおかげだ。ひびかないのには理由があるのでしょうか、と尋ねると、「たぶん、極端に痛みに強いんでしょうね」とのことだった。

たしかに、痛みはとても個人的な感覚なので、測るのが難しい。どこまでの痛みなら我慢すべきで、どこからは「痛い」と訴えるべきなのか、いまだによく分からない。

生理もそうだ。子宮をもつ体に訪れる、月に数日の苦行。下腹部が痛くなり血が出続けるものだと理解していても、人によって程度はまちまち。みんな耐えているのだからと我慢していたが、そのうち腹痛で起き上がれない日が増え、子宮内膜症と診断された。

子宮は来たるべき妊娠のために、内膜を作っては剝《は》がす。通常は子宮だけで起こる新陳代謝のサイクルだが、私の場合、胃や腸の壁にも内膜が作られ、生理のたびにあちこちが過剰に剝がれるから痛むのだという。「要は、臓器の内側に生傷ができるんですよ」。言葉で理解したとたん、がぜん痛みが増してくる。やはり、痛みは主観だ。

診察では、卵巣に嚢胞《のうほう》も見つかった。生理のたびに血が残留し、血だまりになって膨れているらしい。のちに妊娠したとき、この嚢胞が問題視された。「お腹が大きくなってきたら、潰されて破裂する可能性があります。激痛だからすぐ分かるはず」。

忠告されて戦々恐々としていたが、いざ帝王切開で子どもが生まれたあと、子宮を縫って整えているお医者さんが「嚢胞が潰れてますね。皮が飛び散ってるんで、残骸を集めておきます」と報告してくれた。嚢胞がなくなったのなら願ってもないことだが、いつ潰れたのか。妊娠中の記憶を遡っても、激痛のタイミングは分からなかった。

こんな調子だから、人の痛みとなれば、なおさら理解が難しい。

子どもが「おなかが痛い」と訴えるとき、どの程度の痛みなのかが分からないから、こちらも不安になる。幼ければ語彙力も少ない。そんなときは、オノマトペの出番だ。「ちくちくする？　ずんずんする？」。感覚的な言葉で、少しでも君の痛みを引き寄せたいのだ、母は。息子は悩みながら、言葉をひねり出す。「んとね、ぼこんぼこんってかんじ」。うーん、それは、かなり痛そうだ。

痛みを人と共有することは、至難の業だ。ならば、オノマトペのように、言葉を使って感覚を手渡すことができないか。

**つわり悪阻《つわり》つわり山椒魚どろり**　紗希

妊娠初期の体に訪れるつわりも、個人差が大きい身体変化のひとつだ。私は真夏のつわりだったので、ただでさえ暑さで食欲の失せる中、すだちを齧《かじ》りながら、汗だくで床にへばりついていた。ふう、ふう、息をするだけでやっと。そういえば、妊娠・出産を詠んだ俳句は多くあるけれど、つわりの苦しさに焦点を当てたものはほとんどない。妊娠にはきらきらした輝きだけではない、どろりとした暗部もある。その苦しさも詠んでこそ、妊娠の真実に迫れるのでは。

そこで私は季語の力を借りた。季語は大いなる共通認識を形成する言葉だ。葉桜なら涼やかでフレッシュ、薔薇なら美しく華やか、それぞれの季語には本意があり、読者とイメージを共有するキーワードとなる。では、この這いつくばった私の状態を象徴する、ぴったりの季語は……。歳時記をめくり、季語を探す。くらげ、なめくじ、青蜥蜴《とかげ》……うん、これだ、山椒魚。渓流に生息する両生類で、岩陰の水底にどろりと沈み、ぬぼーっと生きている。数千万年前から姿がほとんど変わらず、生きた化石と呼ばれている点は、妊娠という出来事の原初性を引き出すのにも一役買ってくれそうだ。つわりに苦しむ私も、その吐瀉《としゃ》物も、あるいはおなかの赤ちゃんの形も、山椒魚のようなものかもしれない。

共通認識としての季語を媒介とすることで、痛みを経験していない誰かにも、その体感が手渡せたとしたら。言葉が個人の枠を越境する、新しい可能性がひらくはずだ。

「ぐあああああ」

施術室のカーテンの向こうから、別の患者さんのうめき声が聞こえる。この人は「ひびかないベスト5」ではないな。
打てばひびく体をうらやましいとも思いつつ、私は今日も、私の
痛みを生きていく。

# ミんナノ、ネがイ

「ママーッ！」

朝、いつもと違う悲愴な声で呼ぶので、急いで寝室へ上がると、六歳の息子が私の枕に顔をうずめ、ぐすぐす泣いている。慌てて抱きしめ背中をさすれば、ぽつりぽつりと、見ていた夢を話しはじめた。

「あのね、せんそうに行けっていわれたの」「がっこうのせんせいが、いったんだ」「Kくんは、じぶんから『行く』っていったんだ」

「ぼくは『行きたくない』っていったよ」。

そういえばこの夏、国政選挙の投票に連れていったとき、「ママはだれをえらぶの？」と聞かれたので、「きみが万が一にも戦争に行かなくていいように、平和を大切にする人を選んだよ」と答えた。加えて、昔の日本でも若い男の人は戦争にとられて、いやだといっても連れていかれる時代があったから、きみがこれからの青春時代の生き方を自分の意思で選べる国であってほしい、とも話した。どうやら、そのやりとりが心に残っていたらしい。

戦争の話はセンシティブで、ことに幼い子どもは強く影響を受けてしまうと聞く。小学校からも「戦争に関する直接的な動画を見せないよう配慮を」とのプリントが配られた。だから、ウクライナ侵攻にしても、ミャンマーの軍事化にしても、子どもから質問されたとき、どこまで伝えるべきかはいつも悩むところだ。かといって「いろいろあるのよ」で済ませられる事柄ではない。噛《か》み砕きながら、思い描きながら、おぼろな輪郭をなぞるように、少しずつ語り手渡す。地球儀をくるくる回して、ここがロシア、ここがウクライナよと教えると、「ロシアって、こんなに大きいのに、まだほしいの？　ロシア、よくばりだねえ。ウクライナ、ちっちゃいねえ」と、小さな指で国境をなぞっている。

それにしても息子の夢、自分から「行く」といったKくんがリアルだ。個々の声から全体が高揚し、いやといえない空気が醸成されてゆく閉塞感。そんな周囲の同調圧力に負けず「行きたくない」と告げた息子の勇気を褒《ほ》めてやりたい。「いやだってこと、ちゃんと声に出せて偉いよ」と頭を撫《な》でまわし、「もしものときは、いっしょに外国に逃げようね」とささやいた。息子は涙を拭きながら「オーストラリアがいい。コアラが見たい」と笑った。

私たちは二十一世紀を生きていたはずなのに、あのころ思い描いた平和な未来にいたはずなのに、ここ数年で一気に時計の針が巻き戻ってしまったようで、愕然《がくぜん》とする。歴史に学ばぬ人間の愚かさが露呈するたび、三橋敏雄の次の句の慧眼《けいがん》を思わざるを得ない。

**あやまちはくりかへします秋の暮**　三橋敏雄

昭和五十九年の作。過ちを繰り返してしまう人間存在の業を、秋の暮の侘《わび》しさに託して表現した。この句を大学の講義で取り上げた際、原爆慰霊碑の文言を踏まえていると指摘した学生はいなかった。それだけ、かつての戦争が過去となり、忘れられつつあるのだ。

「安らかに眠って下さい　過ちは繰返しませぬから」。昭和二十七年に広島に建立された原爆死没者慰霊碑には、誓いと祈りが刻まれている。過ちとは、愚かな戦争のこと。二度と人の命を軽視せず平和な世界を目指したいという思いに嘘はなかったはずだが、それから三十余年、敏雄は「ほんとうに？」と疑義を呈した。ほんとうに人間は過ちを繰り返さないのか？　現に今も世界各地で戦火は絶えない。国内の空気だって、かつての戦時とどのくらい変わったといえるだろう。

社会の中で薄れてゆく戦争の記憶を見つめながら、慰霊碑と正反対の言葉を呟いた敏雄は、失敗し続ける人間のどうしようもなさを諦めながら、一方ではその言葉が反語として捉えられ「繰り返してはいけない」と頷き続けてほしいと、人間の良心を信じてもいたのではないか。多感な青春期に戦中戦後のパラダイムシフトをまのあたりにした敏雄は、俳句という極小にして強靭な詩型を通し、戦争という主題に生涯向き合い続けた。

現代の戦争は、インターネットを介して世界に発信される。私のSNSにも、友人家族の食卓の写真や好きな作家のインタビュー記事と並んで、ウクライナ爆撃の動画が流れてくる。日常と地続きの戦争。個人がスマートフォンで撮影した動画には、侵攻で壊された生活空間が次々に現れる。遠景で切り取られたプロパガンダの映像とは違い、生きた人間の生活が侵されるやるせなさが迫る。

ある日、流れてきた動画に、私は釘づけになった。爆撃で破壊された家の中、奇跡的に無事だったピアノを弾く女性の姿。窓も扉も吹き飛び、ソファやベッドもぐちゃぐちゃ、キッチンにはお皿やカトラリーの上に硝子が散らばって……世界の終わりのような荒涼とした静けさに、彼女の旋律だけが、りんりんと響きわたっていた。曲はショパンのエチュード。なめらかにやさしく演奏されることの多いメロディが、一音一音、力強くたくましく刻みこまれてゆく。

私はぽろぽろ泣いていた。この人は、こんなにすべて奪われて、過去も未来もめちゃくちゃにされて、それでもこんなに真っ直ぐにピアノを弾いている。ロシア軍はあまりに多くを奪ったけれど、それでも、この人から音楽を奪うことはできなかった。

戦禍の爆撃とは比ぶべくもないが、私もここ数年、厳しい外圧に晒《さら》され続け人生を悲観した苦しみの中で、俳句だけは手放すまいと決めていた。言葉は、私の心そのものだったからだ。他の何を奪おうとも、私の心は、絶対に、渡さない。瓦礫に染み渡ってゆく彼女の旋律には、怒りとともに強靱な意志が輝いていた。

## 奪い得ぬものに心やアネモネ抱く　　紗希

キッチンの窓辺に飾ったままの七夕竹。息子の書いた短冊が秋風に揺れている。「ミんナノ、ネがイガ、かナイマスヨウニ」。カタカナを習ったばかりで表記がちぐはぐだが、それゆえに祝詞《のりと》のように、言葉そのものの意味が純粋に透きとおって光る。どうか、彼女が安心して暮らせる部屋でまたピアノを弾けますように。どうか、子どもたちが爆撃に怯《おび》えることなく優しい夢を見られますように。どうか、これいじょう、あやまちをくりかえしませぬように。どうか。どうか。ミんナノ、ネがイガ、かナイマスヨウニ。

# 二千円のお月さま

月を買った。

両手におさまる大きさで、ひょいっと軽い。つんと触れれば、やわらかい光を放ちはじめる。寝室の闇にそっと浮かべ、寝っ転がって眺めては、あれが静かの海、そっちが雲の海、と地形の陰影をたしかめる。毎日充電が必要で、夜に灯すと、朝が来るころにはひとりでに消えている。

お値段は二千円ほど。インターネットで注文した月のかたちの間接照明で、3Dプリンターで作られているから、細かなクレーターの位置まできちんと再現されている。

今の家に引っ越したとき、息子が「ここで寝たい！」と選んだのが、二階の広い押し入れだった。下屋裏収納と呼ばれる類のスペースで、天井の高さが一メートル半ほどしかない。屈まないと入れない私の横をすり抜け、まだ身長の低い息子は、中をすたすたと歩きまわっている。まあ、眠るときはどうせ横になるわけだし、ふとんを二枚並べて敷ける広さはある。こぢんまりした寝室も、秘密基地のようで楽しいだろう。

ところが、押し入れなので、オン・オフの二択しかない簡易的な照明がひとつ付いているだけ。眠るときにまっくらだと眠れない息子は、このままでは怖がって電気を消してくれない。そこで、常夜灯の代わりになる持ち運び可能な明かりを探し、この小さな月を見つけたのだ。月面の裏の黒いセンサーに指を重ねれば、光の量も調節できる。

「きれいだねえ」

天井がそこに迫る押し入れで、息子と二人、眠る前にお月見をする。駅に近かった前の住まいは絶えず電車の音が響いていたが、ここは少し不便な分、住宅街なのでとても静かだ。

**酒なくて詩なくて月の静かさよ**　夏目漱石

明治二十九年の作。酒も詩もなく、静かに月を眺めているよ。シンプルな一句だが、踏まえられているのは白居易の「北窓三友詩」だ。白居易はこの漢詩で、閑居の友として琴と酒と詩の三つを挙げ、ゆたかな時間を示してみせた。それに対し漱石は、ここには酒も詩もないよ、さらには「静かさ」だから琴の音も聞こえません、とひっくり返した。この年、漱石は第五高等学校教師として熊本に赴任したばかり。都会の文化から遠く隔たった静けさの中で、酒や詩や琴が友だというポーズもとれないほどに文学的世界から遠ざかった今を、過去の詩人と対話し、月を見つめて肯《うけが》った。酒や詩や琴がなくとも、月がある。このときの漱石にとって、月は新たな友として、静かでやさしい光をこぼしていただろう。

「ねえねえ、お月さま、まだ？　もう眠いよ」

ぐずる息子の口にグミを放りこみ、もう少しで出てくるからあとちょっとだけ待って、と頼んで空を睨む。にせものの月ばかり眺めているのもなんだから、思い立って十五夜、電車で三十分の高尾山へ、ほんものの月を見に出かけたのだ。山のふもとに新しく作られた宿泊施設は、気軽に山が楽しめるよう工夫されていて、パンフレットのアメニティ欄には「薪《たきぎ》」とある。中庭で自由に焚火ができるので、息子も張り切って薪を割り、火にくべてゆく。私も地ビール片手にマシュマロやベーコンを炙《あぶ》り、のんびりと月の出を待つ。

ところが、ひとつ誤算が。山に囲まれた場所なので、月が山際までのぼってくるのに時間がかかり、下界よりも月の出が遅いのだ。現在時刻、夜の九時過ぎ。焚火もとうに消え、空気も冷えてきた。カウチに横になって山の端を見つめていると、ようやく空がほの明るくなり、稜線が濃く沈みはじめる。眠たい息子よ、もう少しの辛抱だ。九時半を過ぎ、袋のグミも底をついたころ、ついに名月が現れた。さっきまで空を塞いでいた雲もどこかへ流れ、月はまっさらな夜空にぱっちりと輝いている。

そういえば、最後にちゃんと月を眺めたのはいつだったろう。子どもを連れた日常では、帰り道によい月を見つけても、ゆっくり見とれることもできない。なにせ、五秒目を離したすきに道へ駆け出したり塀に登ったり、危なっかしくてしょうがないのだから。漱石は閑居の友として月を引き寄せたけれど、子育ての日々には月すらも遠い。今日、目をこする息子を抱いて久しぶりに仰いだ月は、はるかで小さくてままならなくて、二千円のお月さまよりも、ずっとずっと眩《まぶ》しかった。

さあ、もう眠気も限界だろうから、俳句を作るのはあきらめて、そろそろ部屋に戻ろう。グミなくて句なくて月の静かさよ。つぶやいてふりさけみれば、月はいよいよ夜空の芯へのぼってゆく。

# とべ！　動物園

「ねえねえ、飛ばない動物園って、あるの？」

子どもはとつぜん、突拍子もない質問をしてくる。

飛ばない動物園？　いったい何のことだろう。そもそも、たいていの動物園は飛ばないじゃないか。それに、飛ばないことを疑うような聞き方は、まるで「飛ぶ動物園」のほうがデフォルトかのようだ。おさない息子よ、動物園って、飛ぶものなの？　頭の中で、ゾウやライオンやバッファローたちがくるくると宙を飛び回りはじめたとき、ふと閃《ひらめ》いた。もしかして……。

「ねえ、きみ、『飛べ！　動物園』だと思ってる？」

息子はきょとんとして「え、ちがうの？」と目を丸くする。

「ふふふ、ちがうよ、『とべ』ってね、土地の名前なんだ」

愛媛の実家に帰省するとき、いつも祖父母と訪れるのを楽しみにしているのが、「とべ動物園」だ。松山市のとなりの砥部町にあり、広い敷地にのびのびと動物たちが飼育されている。砥部焼の産地でも有名な町だが、その「とべ」の名を、息子はずっと「飛べ！」という呼びかけだと思い込んでいたらしい。なんとかわいい勘違いだろう。溌溂《はつらつ》と希望を感じさせる「飛べ！」の語は、子どもがたくさん集まる動物園という場所のイメージにも、よく合っている。

とべ動物園に来て、息子がまず目指すのは、ペンギン広場だ。ゲートをくぐって、フラミンゴや鴨たちのいるバードパークを過ぎると、南極を模したペンギンたちの展示スペースが見えてくる。ガラス張りのプールで泳ぐペンギンたちを、近くで見ようと群がる子どもたち。その群れへ加わらんとする息子の背中を見送りつつ、私は岩場でボーッと立っているだけのペンギンに目をやる。

## ペンギンと空を見ていたクリスマス

塩見恵介

この句のペンギンも、泳がないペンギンだ。園内で、ペンギンと一緒に、寒い冬空を見上げる。クリスマスの喧騒から離れた私と、泳ぐ群れには加わらないペンギンと。孤独を感じるもの同士、ほのかに連帯感が漂う。鳥でありながら飛べないペンギンが空を見つめる姿には、かなわぬ夢を恋う切なさを読み取ることもできるだろうか。

そういえば、四歳のクリスマス、はじめてプレゼントという概念が理解できた息子に、サンタクロースに何をお願いするか聞いてみた。即答した彼の所望は、なんと「鹿、二頭」。どこの狩人かと心の中でツッコミを入れつつ、都内では生きた鹿を飼育するスペースを用意するだけで破産してしまうので、ぬいぐるみの鹿を探すことに。「角のあるのにしてね」との追加リクエストにより難易度は跳ね上がる。たいていの鹿のぬいぐるみはかわいいバンビで、まだ立派な角など生えていないのだ。竹取物語で、姫に無理難題を出された求婚者たちの気持ちが、ちょっとだけ分かる。
数日かけてインターネットの森をさまよった結果、オーストラリアのメーカーがリアルな動物のぬいぐるみを作っているとの情報をつかんだ。製品一覧には、精巧なホッキョクグマやトビネズミ、コブラやウォンバットにまじって、枝わかれした立派な角をもつ鹿が！　せっかくなのでバンビもいっしょに注文して、鹿二頭（角あり）を無事調達することに成功したのだった。

鹿の親子を迎え入れた息子は、その後、生きもののいるところへ出かけるたびにぬいぐるみを欲しがった。松野の水族館から連れ帰ったペンギン、旭山動物園のオオカミ、鴨川シーワールドのシャチ、高尾山のムササビ……。寝る前にはふとんの上に、十五匹ほどのぬいぐるみをいそいそと並べだす。兄弟がいない分、彼らを家族のように親しく思っているのだろう。短い人生にひとつずつ積み重ねてきた、思い出のかけらたち。さて、今年のクリスマスは、どんな動物が欲しいというかしら。

サンタクロースに何を頼むか探りを入れたところ、息子から驚きの答えが返ってきた。

「えっとね、ひゃくまんえん！」

おいおい、現金を運んでくれるサンタがどこにいる。「お金がないとさ、なんにも買えないじゃない」とほがらかに言い放つ息子に、「そりゃそうね、百万円はママも欲しいわ」と苦笑いする。うーむ、今年のプレゼント選びも、どうやら難航必至だ。

# どこへ隠そうクリスマスプレゼント

紗希

# ランプの記憶、言葉の息

綿虫がよく飛ぶはつふゆの午後、届いた小包を丁寧に開ける。そっと取り出せば、二冊の本が。富澤赤黄男《かきお》の句集『蛇の笛』と『黙示』だ。『蛇の笛』は昭和二十七年十二月二十五日刊。深い夜空のような濃紺の表紙をめくると、一面銀色の見返しがまぶしい。句をなぞれば、活版印刷の凹凸が、さざめくように指に触れる。『黙示』のほうは、血が古びて乾いたような臙脂《えんじ》の函に、正方形の句集本体が収まる。一ページには一句ずつ。屹立する言葉は虚空へ刻み込まれるように静かだ。昭和三十六年九月二十日発行。百部限定版とある奥付には、手書きの朱筆で「才貳冊」とある。

この春、NHKから連絡があり、俳句を織り交ぜたドラマを作りたいので協力してほしい、との依頼を受けた。原作は、原田ひ香『一橋桐子（76）の犯罪日記』。主人公の趣味が俳句なので、物語の要所要所で心情を表す俳句を挿入してみようというわけだ。その打ち合わせの際、演出を担当する笠浦友愛さんが、ぽろりと言った。「もう三十年ほど前になりますが、関西にいた若いころ、新興俳句の番組を作ったことがあるんです」。

新興俳句とは、昭和初期に起こった俳壇のモダニズム運動だ。客観写生を唱えた高浜虚子の「ホトトギス」から、俳句は主観の働きをこそ重視すべきと考えた水原秋桜子らが離脱。若き俳人たちが文学としての俳句を追求し、連作や口語、無季俳句など新たな表現を切りひらいたが、戦時下に治安維持法で四十人以上が検挙され、言論弾圧によって運動の終焉を余儀なくされた。

大学のときに新興俳句の作品と出会った私は、切岸に生身を晒すごときみずみずしい句群に惹かれ、以後、細々と資料をひもとき研究を続けている。「修士論文は、富澤赤黄男だったんです」と伝えると笠浦さんも驚いて、「潤子さんにもインタビューしたんです、あの、ランプの」と教えてくれる。

## ランプ
## ——潤子よお父さんは小さい支那のランプを拾つたよ——

落日に支那のランプのホヤを拭く
やがてランプに戦場のふかい闇がくるぞ
灯はちさし生きてゐるわが影はふとし
靴音がコツリコツリとあるランプ
銃声がポツンポツンとあるランプ
灯をともし潤子のやうな小さいランプ
このランプ小さけれどものを想はすよ
藁に醒めちさきつめたきランプなり

日中戦争当時、出征先の戦場から赤黄男自身が送り、所属の俳誌「旗艦」に掲載された連作だ。日本に残してきた幼い一人娘のぬくもりを思う戦場の夜の感慨を記した、リアルな肉声が迫る。

打ち合わせのあと笠浦さんから、当時の番組のＤＶＤが届いた。ランプの連作は中盤で大きく紹介され、娘の潤子さんが古いアルバムをめくりながら、赤黄男は帰還後、戦争の話を家族に一切しなかったと語っていた。小さなランプの記憶は今も、彼の俳句の裡にのみ灯り続けている。

秋、ドラマが無事に放送に漕ぎつけたころ、笠浦さんから連絡があった。実は取材の際、「旗艦」編集人だった長田喜代治さんから、赤黄男の句集を譲り受けたという。「長田さんは新興俳句とその俳人を心から愛し続けていたから、少しでも後世に伝えたいと、当時二十代だった私に託されたのではないかと思います」と笠浦さん。それから三十年余。よかったら研究に生かしてほしいと、笠浦さんから二冊の句集が届いた。保存状態もよく、大切に保管されていたことが分かる。そこには、敗戦の絶望と荒廃の底でもがいた赤黄男の言葉が、苦しく美しく立ち並んでいた。

あはれこの瓦礫の都　冬の虹
人　穴を　掘れば　寒月　穴の上
草二本だけ生へてゐる　時間
零の中　爪立ちをして哭いてゐる

息子が眠りについた寝床の灯を消し、リビングでもう一度、番組を再生する。画面の中の長田さんは、「旗艦」に手を触れ、静かに強く言葉をつなぐ。

私、これ（「旗艦」＝神野注）しかないんですから。空襲のときもね、これを抱えてね、他のものはみな放っといてもね、これを抱えて防空壕へ入って、空襲が終わったらまた、湿気を嫌うから防空壕から持ち出してね。これと心中する気でね、出たり入ったりしてたんですよね。（ＮＨＫ「時代の闇に人語遠く～新興俳句のたどった道」一九八八年八月二十四日放送）

大切に大切に、受け継がれてきた資料たち。そのひとひらが今、私の手許にある不思議を思う。赤黄男もいない。長田さんも、もういない。ざらりと褪《あ》せた紙の上で、言葉だけが、今も息をしている。

# 戦車と切株

野ざらしの戦車のまわりに野菜を育てる人の映像を見た。打ち捨てられた戦車は、胴体から発射部分が吹っ飛び、ばらばらになって赤く錆《さ》びはじめている。そのすぐそばには、キャベツが丸々と太り、百日草の赤やピンクの花があざやかに揺れている。クレーン車でも除去できなかったので仕方なく、と畑の持ち主はインタビューに答えていた。私は、芭蕉の句を思い出した。

## 夏草や兵どもが夢の跡

芭蕉

『奥の細道』の旅の途上、奥州平泉で栄華を誇った藤原一族、その地で討たれた源義経と家臣へ思いを馳せた。あの武士たちの隆盛も夢と消え、今は夏草が生い茂っている。芭蕉はこの句の前に、杜甫の詩の「国破れて山河あり城春にして草青みたり」(「春望」)を引用した。訪れたのは五月十三日(新暦六月二十九日)。眼前に生い茂る夏草が、春を描いた杜甫の詩の未来のようで、経てきた時の厚みを可視化する。

もちろん、夏に訪れたから「夏草」ではあるのだが、この句の季節がもし違っていたらどうだろう。

## 枯草や兵どもが夢の跡

枯草は冬の季語だ。草も枯れ、人間も遠のき、そこには荒廃した景色が広がるのみ。言葉のベクトルは滅びの方向へ統一されるが、それだけに単調でつまらない。原句では、旺盛な夏草を配することで、自然と人間の盛衰のコントラストが生まれ、エネルギーが流動する世界全体が見える。命のそばにあるからこそ荒廃が際立ち、荒廃のそばにあるからこそ命の輝きが増す。戦車と草花の風景も、荒廃と生命が隣り合う点で、芭蕉の平泉の句と共通する。侵攻するロシア軍は夢と消え、百日草は今を盛りと咲きほこる。

いつからか、切株が気になるようになった。駅へと向かう街路の端で、踏み込んだ山の中腹で、校舎の裏の一角で、ばっさりと半身を失いながら、ぽつんと根を張っている。伐られたばかりのまだ生々しく木の香りがするものもあれば、ずいぶん時を経て古城のごとく崩れかけたものも。滅びゆくものの象徴のような切株だが、近寄ってみれば、朽ちた年輪の隙間にやわらかい草や菫《すみれ》の花が根づいていたり、樹皮のひび割れから樹液の蜜が噴き凝《こご》っていたりする。個としての命を終えようとしている切株が、別の命の礎となって、大きなめぐりの環に組み込まれてゆく。ここにも、荒廃と生命の混沌がある。

切株に　人語は遠くなりにけり　　富澤赤黄男
切株は　じいんじいんと　ひびくなり

赤黄男は生涯に三冊の句集を出したが、一冊目と二冊目の間で、その俳句の手触りは大きく変化する。第一句集『天の狼』は昭和十六年刊。日本が戦争に突き進む時代の中、十七音の上にみずみずしい象徴の花をひらかせた。一方、第二句集『蛇の笛』は、敗戦後の昭和二十七年刊。出征して大陸で戦地を経てきた赤黄男にとって、敗戦後のパラダイムシフトと日本の荒廃は耐え難いものだった。あとがきにも、戦中戦後の十年を振り返り、「最後の崩壊へ追ひつめられてゆく焦燥と混乱と自棄。更に敗戦の絶望と荒廃。自己を喪失し、虚妄を追ひ、荒地を彷徨したこの歳月。そして私もこの黒い底に沈み墜ちながら、匍ひ上らうともがき苦しんだ年月であつた」と記す。

その表れとして、『蛇の笛』収録の句のほぼすべてが、途中に一字空けを孕《はら》んでいる。意味は視覚的に切断され、その断面の空白が痛々しく光る。句はひとつの生命体として凝結することを阻まれ、散らばった言葉は沈黙を呑み込む。まるで、彼自身がばらばらに引きちぎられてしまったように。先ほど挙げた切株の二句も『蛇の笛』から引いた。一字空けによって「切株」と「人語」は切り離され、しんじつ遠くなる。切株の痛みはじいんじいんと、虚空に吸われてゆく。

切株の　かなしきまでの孤独の光り
曇日の　しろい切株ばかりと思へ
切株や　雲は氷の上をゆく

切株は　つひに無言の　ひかる露
切株の　黒蟻が画く　黒い円

赤黄男は『蛇の笛』に、切株を七句も詠んでいる。信じていた世界が崩れ去った己の現在の生を、体を失ってなお根を張り続ける切株に重ねたか。彼はあとがきにこうも書く。「本集の作品は私の悲惨な崩壊の詩《うた》かもしれない。がしかし私は私の生《なま》の姿勢で詩つてきたつもりである」「〈蛇の笛〉は私の罅裂《かれつ》した記念碑である」。切株とはまさに「罅裂した記念碑」であり、赤黄男の生の現在を象徴する存在であった。一字ぶんの空白を見つめていると、まっすぐに立つ一句の言葉が、切断された木そのもののように思えてくる。

切株に座って、目を閉じる。私はひととき木となって、風に耳を澄ませる。くるぶしをくすぐるのは、蘖《ひこばえ》。切株の根元から萌え出る若い芽だ。まだ、生きている。命が大地からこみあげてくる。平泉にそよぐ夏草が、戦車を囲むキャベツや百日草が、切株の蘖が、罅裂した傷の上に光りはじめる。

切株に詩を書く初雪は光　　紗希

# 第三章…………

言葉の促す想像力が、
今まで意識したこともなかった体の感覚の
スイッチを押してゆく

# チーズと紅茶と鯛焼と

夕刻、学童保育に息子を迎えに行き、二人で駅前のショッピングモールに寄り、明日の朝食を仕入れて帰る。いつものパン屋さん、息子は自分で気に入りのパンを選んで店員さんに告げるのだが、その日はちょっと違っていた。

「チーズinチーズパンと、あと、紅茶のスコーンくださあい。で、いいよね？」

私がよく紅茶のスコーンを食べているのをいつの間にか覚えてい

て、一緒に注文してくれたのだ。彼の行動のうちに、当たり前のように私の存在が組み込まれている！

母になってからというもの、何をするにも決めるにも、息子の存在が前提となっていた。夕ご飯を準備するなら、まずは息子が食べられるものを中心に献立を組み立てる。出かけるときには、彼が急に駆け出しても追いかけられるよう、ヒールのないスニーカーを。出張の帰りには、彼が喜びそうなマスコットやご当地グミを入手してお土産に。休日の講演や句会の依頼も、息子を帯同してもかまわないなら、という条件で引き受けてきた。

母ひとり子ひとりとなった我が家。大人がひとりしかいない分、彼の喜びや安寧を私が用意し、悲しみや寂しさはフォローしてやらねばと一方的に意気込んでいたけれど、生活共同体のクルーとしての連帯感は子どものほうにも芽生えうるらしい。誰かの人生の中に自分の居場所がある。息子がふと体現してくれたその事実が、ひとりでふたり分の人生を抱えて舵を取らねばと気負っていた私の孤独を、あたたかく溶かしてゆく。

## 鯛焼を割って私は君の母　紗希

息子がまだ二歳のころに作った俳句だ。「私は君の母」という言葉も、揺るぎない自信から生まれたものでは決してなく、慣れない育児の混沌の上に自らの頼りない志をたしかめるような、私にとっては切実な宣言だった。私なんかが母になれるのだろうか。それでも、こちらを疑わず見上げてくる無垢な瞳がそこにある。ならば、たいしたものは与えられないけれど、たとえば冬の寒風の中で鯛焼きを半分こしてぬくもりを分け合うことはできるかもしれない。そうやって共有体験をひとつずつ重ねてゆくことで、私は君の母らしきものにいつかはなれるかもしれない。

こんなこともあった。「眠いから二階までおんぶ〜」。小学生になっても、まだまだ甘えん坊は変わらない。風呂上がりにリビングでごろごろしていたら眠くなったらしく、いつものように寝室へ運んでほしいとせがんでくる。今や二十kgを超え、抱えるのもひと苦労だ。とはいえ、毎日の成長の変化は微々たるものだから、昨日まではおんぶしてくれたのに今日からはダメ、という理屈はなかなか子どもには通用しない。忍者が毎日竹の上を跳び続ける修行のように私の能力も無限大ならよいのだが、ただでさえパソコンの前に座り続ける生活で悲鳴を上げている腰がそろそろ限界だ。

これまではあまり子どもに気を使わせてはいけないと自分の都合は後回しにしてきたけれど、ちょっと事情を伝えてみる。

「ごめん、ママ、じつは昨日、夜の二時半まで原稿書いてて、ちょっと辛くてさ……」

そう告げると、息子は甘えていたたれ目をくりくりっと光らせ「ええっ、二時半ってもう朝じゃん！　だいじょうぶ？」と、まるで魔王の谷から生還してきた勇者を見るような表情で驚いている。

そして意を決した顔でこう言った。

「分かった、ぼくがママを二階に連れていってあげるからね！」

おんぶしようと私の前にまわりこんだが、さすがに大人の体は持ち上がらない。そこで私の手をとり、振り返り振り返りしながら

「こっちだよ」と階段を上がってゆく。正直、手を繋ぐとペースが崩れてのぼりづらいのだが、導かれるままによたよたと、一段、一段、小さい背中を頼りに、踏みしめて上がる。守ろうと誰かに思ってもらえることのもたらす、やわらかな安堵。たぶん、この手のぬくもりを、だいじょうぶだよという顔をして振り返る君の表情を、私は十年先も二十年先も覚えているだろう。導かれて辿り着いた寝室で二人、ごろりと横になって、髪やおでこを撫で合いながら、いつもの子守歌をうたって眠りにつく。見上げてごらん、夜の星を。二人なら、苦しくなんかないさ……。

先日も、俳句の会に参加するため名古屋へ。遠出の旅は息子を連れていくのが常なのだが、交通費や宿泊費などの諸経費も考えると、日帰りできるならそれもまた良し。今回は学童で待っていてほしい旨を伝えたら、寝転んで漫画を読んでいた顔を上げ、こちらをキッと見つめて言った。

「やだ、ぼくも行く！　これまでも、いつだっていっしょに、のりこえてきたじゃないか！」

そうだよなあ。いつだっていっしょに、のりこえてきたんだよなあ。なんだかまるで冒険みたいだ。何が起こるか予想もつかない人生という名の旅路を、あと少しは一緒に歩んでゆくために。頼むよ、相棒。おなかがすいたら、チーズinチーズと紅茶のスコーンを齧って行こう。

# おでこにチンアナゴ

鏡の前で髪をまとめて出かける準備をしていたら、キヨハラさんが「年末に俳人紅白歌合戦でもあるんですか?」と笑っている。どうやら私は無意識に歌っていたらしい。キヨハラさんは市の育児ヘルパーさんで、もう三年ほど、私の外出時に息子の見守りをお願いしている。息子にも「ママは声が大きいんだよ」と注意された。「自転車に乗っててもね、いつもなんだよ。せめて人とすれちがうときは歌わないでって、言ってるのにさ」とぶうたれている。

離婚までの数年は、喉の奥に真っ黒な霧がぎっしりと充満している息苦しさで、別れてからもしばらくは、かつて好きだった音楽にも映画にも小説にもどうにも心が動かなかった。

あるとき、実家の居間のこたつで芋けんぴを齧りながら、ぼんやりテレビを眺めていた。東京の自宅にはテレビ線が来ておらず、ふだんは地上波を見る機会がないため、出てくる芸能人も番組のテンションの高さも、ちょっと離れた別の国の出来事のよう。それはドッキリ番組で、どうやらスタッフに扮した歌手が思いがけない歌声で観客を驚かせるという趣向らしい。

私が十代のころに熱狂的な人気を誇っていたそのロック歌手は、付け髭で顔を隠した変装のまま、壇上のピアノをおもむろに弾き始めた。歌うのは、いま巷で流行しているというバラード。終わった恋の未練がテーマの曲を、しっとりとしたその雰囲気にそぐわないほどパワフルに歌い上げるその姿は、情熱的であるがゆえにやや前時代的だったが、一度は表舞台から消えた彼がその歌声によってもう一度メディアに求められる存在に返り咲いていることには、少なからぬ感動を覚えた。人生の荒波に沈没していた私にとっては、その復活の絶唱が曲の切なさとあいまって深く沁みたのだ。

東京に帰ってから、彼の歌っていたバラードを検索して聞いてみた。本家は二十代の青年で、歌声はもっと甘くて柔らかかった。最近の音楽配信サービスは、好みに合わせて次々におすすめを流してくれるらしく、端末から次々に新しい曲が溢れてくる。めまぐるしいメロディを浴びるにつれ、麻痺していた心は優しくほぐれ、ながらく忘れていた歓びや愉しみの感覚がふつふつと戻ってくる。

そんなこんなで、Amazonで注文した草色のイヤホンでふんふん音楽を聴きながら大学通りを歩いていると、よく打ち合わせに使う喫茶店の脇に「ボイトレ、しませんか？」の貼り紙がひらひらと風になびいている。どうやら隣の雑居ビルの一室に新しく教室をひらいたらしい。歌いたいな。もともと中学・高校と放送部だったので発声には多少自信があったのだが、コロナ禍の引きこもり生活を経て、句会に出ても講演で喋っても、ずいぶん声が衰えているのを感じていた。久しぶりに歌ってみても、腹筋が衰えているせいか息が弱く、音程がぐらぐらと安定しない。この間も同い年の俳人のフウコちゃんと「もう四十歳だねえ、残りの半生どう生きるかって年だねえ」とみたらし団子を食べながら語り合ったところで、そうだ、私の残りの半生に足りないのは声だ、声を鍛えて体の芯をしっかり立てて生き直すのだと、直感的に悟ったのである。

エレベーターは五階までで、そこから非常階段を一階分上がった扉の向こうが教室だった。八畳ほどの縦長の部屋にはキーボードや機材が置かれ、壁にはギターやレコードのジャケットが掛かっている。

ユカ先生は細い手足に整った目鼻立ちで、微笑んでいると草原に立つ繊細な小鹿のようなのだけれど、ひとたび歌うと、その声は強くたくましく、しなやかで芯がある。歌が好きで、もう一度歌えるようになりたくて。そう伝えると、ユカ先生は「だいじょうぶ、楽しく歌いましょう」とにっこり笑った。レッスンは一回六十分のマンツーマンで。まずはストレッチをして体をほぐし、発声練習で喉をひらいてから、高音や低音の出し方を練習する。そのうえで、残りの三十分ほどで課題の曲を歌ってみるという流れだ。

「焼肉ライクへ声を届けまーす」。窓の向こうに見える、飲食店のペかぺかした看板へ意識を向けて、遠くまで届くように声を出し切る。「大あくびのときみたいに喉をひらいて、その喉ちんこの裏側あたりに息を通して」「腹筋で押し出せば、無理に吸わなくても、吐き切ったら自然に息は入ってくるので」「高音を出すときに、喉に力を入れないで。そしたら声が抜けてくれるから」。ユカ先生の指示の意味は分かるが、実際にやってみると体が追いつかない。首や肩が凝っていると力んでしまうし、そもそも背筋や腹筋を長らく放置してきたので、息を押し出そうにも力が足りない。それでも、たった六十分、正しく声を出そうと意識するだけで、体幹は少し整う。「風船をね、膨らませるのよ」。ユカ先生は、百均で仕入れて来たというゴム風船の袋を、おひとつどうぞと差し出した。「風船に息を入れるときの勢いが、歌うときの声の使い方だから。時間のあるときに膨らませてみてね」。

次のレッスンまで、パソコンの脇に風船を置き、ときどき気分転換に膨らませてはしぼませる。ぶぅー、びゅるびゅるびゅる。ぶぅー、びゅるびゅるびゅる。「膨らませたなら、結んでよ」とせがむ息子に、これはママのトレーニンググッズだから、と言い聞かせ、ぶぅー、びゅるびゅるびゅる。よく歌うためには、まずは体から。

原稿書きの間にYouTubeの動画でこまめに五分程度の運動を差しはさむと、肩こりも心なしか軽くなってくる。そんな風にして半年ほどレッスンに通っていたら、体重も十kgほど落ち、息子を産んでからサイズオーバーしていたワンピースももう一度着られるようになった。そのことを先生に伝えたら「ふふふ、ボイトレでダイエットって、宣伝しちゃおうかな」と笑っている。

歌うときの喉の使い方は、こうだよと目で見せられるものではないので、基本的には言葉で説明するしかない。そんなときのユカ先生の言葉選びは独特で的確だ。

「声を出す場所を覚えてもらうためにね、ちょっと黒柳徹子さんみたいな声出してみましょう。アナタ、アナタ（徹子さんの声まね）、こんな感じで」。まさか、ボイトレに来て、黒柳徹子になるとは。

ドレミファ……と順番に音をとるときには、「うーん、『あー』だと抜けちゃうから『にゃー』でいきましょう。アニメみたいな、ペタっとした声でね。（ドの音で）にゃー。（レの音で）にゃー。（ミの音で）にゃー」と、猫になるよう促される。「そうそう、高音はね、頭にかぶったカツラが、少しずつ後ろにずれてく感覚で。声を出す場所が後ろにどんどん移っていく感じで」。それでは課題曲をということで歌ってみると、「紗希さん、息の量はじゅうぶんなんだけど、声が手前で渋滞してて、出し切れてないの。たとえるなら、おでこの眉間のあたりにチンアナゴが棲んでて、ひょこっ、ひょこっ、て顔を出すんだけど、引っ込んじゃうのよ。チンアナゴが、穴からぴゅーってまっすぐ飛び出してくみたいに、声が出せるといいんだけど」。おでこにチンアナゴ。イメージすると、眉間のあたりがなんだかむずむずしてくる。言葉の促す想像力が、今まで意識したこともなかった体の感覚のスイッチを押してゆく。

さてさて、いつか開催されることがあるでしょうか、俳人紅白歌合戦。トリを飾るにはまだまだ力不足だが、開催のあかつきにはお声がかかるように、風船を膨らませ、おでこのチンアナゴを放出する練習をしておこう。ぶうー、びゅるびゅるびゅる。にゃー。

にゃー。

# ああ愉快だ

帰宅すると、玄関がびっしょり濡れていた。何事かと思ったら、框を上がったすぐ脇の手洗い場で、水栽培のヒヤシンスが球根ごとひっくり返っている。少しでも日差しのある場所にと思い、玄関扉の小窓から光のこぼれるところへ据えたのだが、太陽を求めてずいずいと斜めに花を伸ばしたヒヤシンスはいつしか育ちすぎ、ついにバランスを崩して倒れてしまったらしい。専用の容器ではなく丈の長いビアカップに容れていたのも不安定だったのだろう。

幸いカップは割れずに無事。茎がふたつに分かれているうち、よく伸びたほうを切り離し、八重の水仙を挿してある別の花瓶へ足す。軽くなった球根は、もう一度ビアカップへ。ひたひたの水へ根を垂らすと、球根が多少浮ついているので、梅の一枝を噛ませて隙間を埋め、とりあえず落ち着かせる。

ああ、ヒヤシンスも生きているのだなあ。床にこぼれた水を布巾で拭いながら、じんわりと愉快になる。動物のように声を出したり分かりやすく動いたりするわけではないけれど、植物だって同じく今を生きている。求める光があり、変化を内包し、未来へ向かう存在なのだ。

春は眠くなる。猫は鼠を捕る事を忘れ、人間は借金のある事を忘れる。時には自分の魂の居所さえ忘れて正体なくなる。ただ菜の花を遠く望んだときに眼が醒める。雲雀の声を聞いたときに魂のありかが判然する。雲雀の鳴くのは口で鳴くのではない、魂全体が鳴くのだ。魂の活動が声にあらわれたもののうちで、あれほど元気のあるものはない。ああ愉快だ。こう思って、こう愉快になるのが詩である。（夏目漱石『草枕』）

小説『草枕』の冒頭では、主人公が山道を登りながら周囲の風景と感応しつつ思考を深めてゆくのだが、たとえば右に引いた一節など、端的に詩の本質を言い当てている。魂全体で鳴く雲雀の声を聞き「ああ愉快だ」と歓ぶのが詩だという把握は、詩とは書かれるものである以前に感じ方そのものなのだと気づかせてくれる。

漱石の筆はさらに、西洋の詩と東洋の詩の比較に展開してゆく。西洋の詩はどこまでも人事と切り離せないので雲雀の声を聞いても「それに引き換え人間は」と結び付けてしまう、しかし東洋の詩には暑苦しい世の中を忘れたような解脱の境地がある、と。

## 落つるなり天に向かつて揚雲雀　漱石

明治二十九年三月五日、親友の正岡子規に送った句稿のうちの一句だ。『草枕』が「新小説」に発表されたのが明治三十九年だから、ちょうど十年前の作である。突然「落つるなり」と書き出され、しかも「天に向かつて」と継がれると、普通は上から下へ移動するのが落下の動きなのに真逆ではないか、と虚を突かれたような心地になる。そこへ答えとしての「揚雲雀」。まっすぐ空へ揚がってゆく雲雀のことだ。ああなるほど、雲雀ならばたしかに、まるで空へまっさかさまに落ちてゆくように、一途にまっすぐにのぼってゆく。雲雀のひたむきな命を、「天に向かって落ちる」という奇想天外な着想を嚙ませることで、より軽やかに一途に輝かせたのである。さて、漱石は『草枕』の雲雀のくだりを書くとき、十年前の雲雀の句を、愉快だと思って仰いだその恍惚を、思い出していただろうか。

そもそも、俳句が一般になんとなく分かりにくいと思われているのも、この「ああ愉快だ」が伝わっていないからではなかろうか。ある言葉の連なりを前にするとき、私たちはついそこに、愛や憎しみや喜びや悲しみなど、人間らしい心の情動、いわば作者の意図を読み取ろうとしてしまう。しかし、詩、ことに俳句の場合は、たいていが「ああ愉快だ」で終わり、分かりやすい激情とは無縁の場合も多い。古池に蛙が飛び込んだ。ああ愉快だ。柿を食べたら鐘が鳴った。ああ愉快だ。雲雀が空へ上ってゆく。ああ愉快だ。ヒヤシンスが懸命に茎を伸ばしている。ああ愉快だ。こう思って、こう愉快になるのが詩である。それ以上、何の理屈がいるだろう。

いったい何が言いたいのかきょとんとしてしまうときには、「ああ愉快だ」と呟いてみればよい。そうすればたいていの俳句が、すとんと了解される。

**窓眩し土を知らざるヒヤシンス**　紗希

# ねながら見

俳句作品の注文というのは、来ないときにはとんと音沙汰がないが、来るときにはどんと重なるもので、この夏、A誌に十句を皮切りに、B誌に十六句、C誌に二十四句と、一気に依頼が押し寄せた。乾燥機にかけたまんまのしわしわのシャツやズボンはとりあえず籠にどさっと、洗っていない皿はキッチンに積み上がり、せっせと塵を集めてくれていたはずのロボット掃除機まで絨毯のへりに座礁し、みるみる家の中がすさんでゆく。そんなに追い詰められるならどれか断ればいいのにとも思うが、俳句が作れなくて何が俳人だ、と、私の中の内なる声が堂々と矜持を披歴するので、作品の依頼だけは絶対に断らないと決めている。焦げた食パンをがりがり齧り、唸りながら俳句を作る母を見かねて、「ぼくが作ってあげる！」と息子が立候補した。いそいそと自分の机からスケッチブックを持ってきて、鉛筆でさらさらと書きつける。

「ほら、もうできた。〈夏の朝あつくて半そで着ようかな〉って、どう？」

夏になった感慨が素直に書けており、母としてはほおずりして褒めてやりたいところだが、俳人としてはこのレベルで発表の許可を出すわけにはいかない。気温の変化に合わせてファッションも変えるという着想はありきたりで、よく詠まれがちだ。そもそも「夏の朝」も「暑さ」も「半袖」も、すべて季語である。季語はひとつでもじゅうぶん季節の実感を物語るので、たくさん入れるとくどくなるのだ。

「素直でいいけど、季語三つ入ってるで」と指摘すると、息子は嬉しそうにこう言った。

「ぼく、天才やな。こんな一瞬で三つの季語を俳句にできるん、すごない？」

堂々とポジティブな捉え方に、たしかにそれはそれですごいのかも、と面白くなってくる。要は、自分で自分の作品を愛せるか、ということが大切なのだ。

俳人の息子だからといってもとから俳句がうまいわけではないし、無理に俳句を作らせようとは思わないけれど、電車や自転車で移動するとき、病院の待合室で順番を待っているとき、旅先でごはんを食べているとき、息子と雑談する中でおのずと俳句の話題が出るということはある。「ほら、田んぼあるやろ。もう水が見えんから、青田やな。植えたばっかりのは、植田っていうんよ」「わあ、あの桃のかき氷、おいしそうやね。さあて、かき氷は夏の季語ですが、桃はいつでしょうか」「今日の夕焼けは特にはげしいねえ！〈赤と青闘つてゐる夕焼かな　波多野爽波〉て俳句があるんやけどね、これは赤でもないし、青でもないし、何色っていうたらええんやろねえ」。ぺらぺら喋り続ける母のそば、息子は聞いているのかいないのかよく分からない表情で、ぼんやり世界を見つめている。こうやって話しかけるひとかけらが、ある日の青田や夕焼けの記憶と結びついて、いつか彼の言葉の地層をゆたかにかたちづくってくれるとよいのだけれど。
テレビやラジオの現場に帯同したときも、母が出演している間、スケッチブックを引っ張り出して何やら書きつけている。NHKの句会番組にゲスト出演したときの兼題は、夏の季語「蜜豆」。収録が終わって控室に戻ってくると、ホワイトボードに自画像や蜜豆の絵とともに、自作の句が添えてあった。

**みつ豆にぼくの大好きみかんある**
**みつ豆をゲームじっきょう見て食べる**

母としては、動画をだらだら見続ける怠惰な生活よりは「大好きみかん」の素朴さを推したいのだが、共演した他の俳人たちは

「ゲーム実況がいいよ」「現代の実感がこもってていいね」と無責任に誉めている。まあ、ありのままの自分を隠さずに披歴している点で、たしかに俳句としてはこちらのほうがより真実に迫っているのだろう。

地元・松山の放送局では俳句の作り方を指南するミニコーナーを担当しているのだが、先日はじめて息子を連れていったら、台本を見て「なあに、これ」と興味津々。喋る内容を事前におおまかに決めておいて、本番はこれをもとにお話しするんだよ、と伝えると、「ふうん」と言ってじっと眺めている。レポートを書くんだといってリハーサルからメモを取っていたが、終わって覗き込んでみると、なんと彼の名前を冠した動画チャンネルの台本が出来上がっていた。

ええ、ぼくは○○（名前）です。3年生4組です。ぼくがはいくきょうしだったら、どうなるんだろ。ははは。いま、るすばんしてます！　はいくをひまなので作っていこうとおもいます。

〈夏の朝生ほうそうをやっている〉

このくは、いつやっているかと、何をやっているかが分かりますが、どんなふうに生ほうそうをやっているのかが分かりません。どうすればいいでしょうか。

〈夏の朝生ほうそうをねながら見〉

このくなら、すべて入っているので、いいと思います。

サンプルの句を挙げ、加えた添削も自分の身に引き寄せる形でたしかに改善されている。聞いていないようで、ちゃんと要所は押さえているのだなあ。

とにもかくにも何とか注文の俳句を脱稿し、散乱した新聞やら漫画やら靴下やらを拾って片づけている母を横目に、我が家の小学三年生は気に入りのウレタンソファーにごろんと寝っ転がって、いつものようにだらだらとゲーム実況を見ながら「はいじんにもなりたいけど、YouTuberにもなりたいんだよね」とグミをかじっている。俳句をテーマに動画を撮れば、そのふたつは両立するじゃない。すでに未来の俳句番組の台本は、もうひとつ、出来ているわけだし。

# 弾ける、コマる

息子が、学童保育で覚えた独楽にはまっている。先生に教えてもらったのがきっかけで、宿題が終わった自由時間になると、耐久時間を友だちと競っているらしい。はじめは回すので手一杯だったのが、最近では紐で独楽を引っ張り上げてジャンプさせたり、手に載せて回そうとしたりと、アクロバティックな技にも挑戦し始めている。親の知らないところで子どもは育つ、か。

独楽といえば思い出すのが次の句である。

たとうれば独楽の弾けるごとくなり

高浜虚子

独楽は新年の季語だ。お正月のおもちゃのひとつとして、歌留多や羽根つきなどと一緒に歳時記に収められている。しかし、この句が発表されたのは昭和十二年三月二十日、春も半ばのこと。その年の二月一日にこの世を去った盟友・河東碧梧桐への追悼句として「碧梧桐とはよく親しみよく争ひたり」と前書きが添えられている。

虚子と碧梧桐は永遠のライバルと呼ぶにふさわしい関係だった。ともに愛媛の出身で、松山中学時代に出会い、同人誌を作るなどして交流を深めた後、二人して仙台の二高に進学。のち京都二高に編入したが中退し、郷里の先輩・正岡子規のもとで本格的に俳句の道を志す。私自身、来し方を振り返っても、地元の中学から同じ高校へ進学したのがたった四人、大学はそれぞれ別だし、ましてや仕事まで同じくする友人はいない。虚子と碧梧桐、辿った進路がことごとく同じというのは本当に数奇な縁で、ちょっと出来過ぎたドラマの筋書きのようだ。

子規が記者として従軍した日清戦争から瀕死の状態で帰国した際には、神戸の病院まで二人で駆けつけて看護にあたった。毎朝交代で近所の農園に出かけ、籠に新鮮な苺を摘んで子規のもとへ届ける二人。その献身が嬉しかった子規は、東京・根岸の子規庵に戻ってから、苺の苗を庭に植えて懐かしんだという。子規は「碧梧桐は冷かなること水の如く、虚子は熱きこと火の如し。碧梧桐の人間を見るはなお無心の草木を見るがごとく、虚子の草木を見るはなお有情の人間を見るがごとし」と二人の俳句を評し、前者を写実派、後者を理想派と名づけて好対照に位置づけた。

寒かろう痒かろう人に逢いたかろう　　正岡子規

明治三十年一月、天然痘にかかった碧梧桐へ子規から送られた見舞いの一句だ。脊椎カリエスで病臥の身だった子規にとって、三つ重ねた呼びかけは、共感をこめた連帯の労りだったろう。発話体のやさしさが、孤独な碧梧桐の心にもまっすぐ届いたはずだ。ところが、ひと月ほどで退院し、虚子とともに世話になっていた下宿に戻ると、碧梧桐が心を寄せていた下宿の娘さんは不在の間に虚子と仲を深めており、ほどなくして二人は結婚することに。親友同士が下宿先の娘さんに恋をし、その片方と……という展開は、夏目漱石の小説『こころ』の先生とKの関係を彷彿とさせる。漱石は子規の親友であり、虚子とも家族ぐるみで親しかったから、あるいは碧梧桐とのいきさつが名作の着想にあったのだろうか。恋を失った碧梧桐は、二か月かけて北陸を廻り、傷心を旅に癒した。

子規の死後、虚子は雑誌「ホトトギス」を、碧梧桐は新聞「日本」の俳句欄を引き継ぎ、互いの道を信じて論争を交わしてゆく。碧梧桐は、子規が提唱した「写生」の理念を研ぎ澄ませ、ありのままを写し取るのであれば定型や季語も不自然であると、新傾向俳句や自由律俳句といった新しい俳句の形式に果敢に挑戦した。一方、小説にも手を出した虚子は、ある時期から俳壇に還り、守旧派を掲げて碧梧桐と対峙する。伝統に立脚した虚子は多くの俳人を育てて今の俳句の礎を築き、碧梧桐の挑戦も新しい俳句の沃野を切りひらいた。伊予の片田舎から出てきた少年二人が、いつしか俳句史の両輪として、近代を駆け抜けたのである。

独楽の句に戻ろう。独楽は子どものおもちゃである。虚子はライバル碧梧桐との関係を弾け合う独楽にたとえた。独楽は、ぶつかって弾き合うと、またどちらともなく寄り合って、またぶつかる。そんな独楽の動きが、交錯する人生の軌跡そのもののよう。熱く交わされた文学論も、深く隔たったように見えた対立も、少年時代からの旧知の二人にとっては、独楽を闘わせる遊びの延長だったのかもしれない。泉下の碧梧桐はいやいや大人の真剣勝負だったぜと物申したかったかもしれないが、少なくとも虚子はこの句を詠むとき、少年だった碧梧桐を思い出して懐かしんでいたはずだ。

閑話休題、令和の少年です。そんなに熱中しているならせっかくなのでよい独楽を買ってやろうと、インターネットで検索をかけて探してみる。なんでも日本こままわし協会なるものがあり、協会認定の独楽なるものも存在するらしい。伝統的な木彫りのものもあったが、軽くて扱いやすそうだったので、ボディが透明で回すとぴかぴか青く光る現代的な独楽を頼んだ。届いた独楽を見て喜んだ息子は、家の中でここぞとばかりに回し続け、そのたび、リビングの畳がガリガリに削れていく。「ぼく、コマちゅうどくじゃないよ」と言いながら、紐を巻いては放ち、ガリガリ、ガリガリ。削れた畳のへりを撫でながら「コマ中毒になるとどうなるの?」と聞くと、こちらを見もせずに独楽へ紐を巻きつけながら、「コマだけに、コマる、なんちゃって」と笑っている。

ひかりからかたちへもどる独楽ひとつ

紗希

# あとがき

晩秋のヒューストンで、たんぽぽを見つけた。といっても、青空の下の野原ではなく、自然科学博物館の展示の一角に。天然の鉱石を加工して植物を模した作品が展示してあり、端正な水仙や鈴蘭のそばに、白い絮毛《わたげ》のたんぽぽが一輪、コップの水に挿した姿で精緻にかたどられていた。水晶だろうか、展示のライトの光を吸って白く輝く絮毛は、野の陽光を浴びたほんもののたんぽぽと寸分違いない。

アメリカにもたんぽぽがあるんだなあ。駐在する友人に会うため、息子を連れて初めての渡米。英語しか通じないこと、食事も日本とは違うこと、安全のために気を付けること、旅の前にずいぶん言い聞かせていたからか、息子は「アメリカのごはん、おいしいじゃん」「けっこう、日本と変わらないね」とのびのび楽しんでいる。

よく見ると、茎の先にまあるく光る球体の絮の、一部がふわりと欠けている。壊れているのではない。もともと、風に吹かれて絮毛が少し飛んだたんぽぽの過渡的なさまを写し取っているのだ。

この絮毛の欠けたたんぽぽは、まさに俳句だ。野にあればいつか吹き尽くされ朽ちてゆく命の、一瞬のさまを形に残すこと。少し欠けていることが、たんぽぽもまた刻々と過ぎてゆく時間の中に生きていることを物語り、その姿をアクチュアルに輝かせる。完璧に出来上がった状態よりも、どこか足りなかったりはみ出していたりするほうが、かえってほんとうらしく、いきいきと見えるのだから面白い。

## たんぽぽの絮とぶ誰も彼も大事

岡本眸

俳句もまた、一句の言葉に瞬間を書き留める。たんぽぽの絮が飛ぶとき、世界はたしかに動いている。たんぽぽも、私も、誰も彼もみな、流れ過ぎ去る時間の中を、今、生きている。この世は不可逆で、絮もひとたび茎を離れれば二度とは戻って来ない。目を見ひらいて隣で展示を見つめる息子も、いつか私のもとから巣立ってゆくだろう。それゆえに、過渡のシーンのひとつひとつが、あまねく愛しい。些事を尊ぶ俳句は、そんな当たり前の、しかし私たちがつい忘れてしまいがちな真実を、いつも思い出させてくれる。世界に戦火がくすぶり地球の壊れつつある時代だからこそ、片隅に光るたんぽぽの絮を「大事」と抱きしめられる詩の体温を忘れずにいたい。

連載時にお世話になった「WEB新小説」編集長の岡﨑成美さん、担当の宮川匡司さん、書籍化を進めてくださった春陽堂の永安浩美さん、八木寧子さん、装幀をお引き受けくださったクラフト・エヴィング商會さんに、この場を借りて厚くお礼申し上げたい。そして、我が家の小さく頼もしい相棒に、両手いっぱいの愛をこめて。

時差ぼけでとろとろと眠たい、東京の小春の午後に

神野紗希

**神野紗希**　こうの・さき

俳人。1983年愛媛県松山市生まれ。
お茶の水女子大学大学院博士後期課程修了。
現代俳句協会副幹事長。
高校在学中の2001年、第4回俳句甲子園に参加し団体優勝。
個人でも最優秀句に選ばれる。
その後数々の俳句の賞を受賞。
近著に『女の俳句』『すみれそよぐ』などがある。

本書は会員制『Web新小説』（春陽堂書店）の連載原稿を
加筆・修正したものです。

アマネクハイク

2024年12月25日　初版第1刷発行

著者　神野紗希
発行者　伊藤良則
発行所　株式会社 春陽堂書店
〒104-0061 東京都中央区銀座3-10-9 KEC銀座ビル
電話　03-6264-0855
https://www.shunyodo.co.jp/

印刷製本　株式会社 精興社

乱丁本・落丁本はお取替えいたします。


本書へのご感想は、contact@shunyodo.co.jp

定価はカバーに表記してあります。

ISBN978-4-394-90500-4 C0095